SOUS LES
ÉTOILES

À tous ceux qui s'interrogent et
s'émerveillent quand ils lèvent les
yeux au ciel
—M. L. R.

Et à Linda Zuckerman, qui m'a
montré où regarder
—M. F.

Catalogage avant publication de Bibliothèque et Archives Canada

Ray, Mary Lyn
    Sous les étoiles / Mary Lyn Ray ; illustrations de Marla Frazee ;
texte français d'Hélène Pilotto.

Traduction de: Stars.
ISBN 978-1-4431-2945-9

    I. Frazee, Marla II. Pilotto, Hélène III. Titre.

PZ23.R3785Sou 2013   j813'.54   C2013-901432-2

Ce livre a été publié initialement en Grande-Bretagne, en 2011, par Beach Lane Books,
Simon and Schuster Children's Publishing Division, New York.

Édition publiée par les Éditions Scholastic, 604, rue King Ouest, Toronto (Ontario) M5V 1E1 avec la
permission de Simon and Schuster.

5 4 3 2 1   Imprimé en Chine CP 155   13 14 15 16 17

SOUS LES ÉTOILES

MARY LYN RAY

ILLUSTRATIONS DE MARLA FRAZEE

TEXTE FRANÇAIS D'HÉLÈNE PILOTTO

Éditions
SCHOLASTIC

Quand la première étoile apparaît, on sait qu'il fera bientôt nuit.

Aussitôt qu'on en voit une, une autre se met à briller,
puis une autre et une autre encore.

Ainsi, le soir qui tombe
ne semble
pas aussi
sombre.

Imagine que tu puisses attraper les étoiles...
Tu pourrais en remplir un panier. Elles brilleraient
comme autant de petits œufs argentés.

Mais tu ne peux pas. Pas pour de vrai, en tout cas.

Par contre, tu peux en
dessiner une sur du papier brillant,
la découper et la glisser dans ta poche.

Garder une étoile
dans ta poche,
c'est un peu comme
avoir toujours ton caillou
préféré avec toi...
mais pas tout
à fait.

Car une
étoile
n'est
pas
un caillou.

Épingle une étoile à ton vêtement
et tu deviens un shérif.

Colle une étoile sur un bâton et
tu obtiens une baguette magique.

Si tu t'en sers comme il faut, tu verras
peut-être ton souhait se réaliser.

Pas toujours.
Seulement de temps en temps.

On ne sait jamais
avec les
souhaits.

Tu peux donner une étoile à un ami.

Mais ne donne jamais
celle qui est dans ta poche.

C'est bon de savoir qu'elle est toujours là.

Parfois, tu auras l'impression de briller autant
qu'une étoile. Si tu as accompli un exploit, on dira
peut-être de toi que tu es « l'étoile du jour ».

D'autres fois,
tu n'auras pas du tout
l'impression de briller.

Ces jours-là,
c'est réconfortant
de toucher
l'étoile qui
est dans ta
poche.

Si jamais tu perds ton étoile,
tu peux toujours en fabriquer
une autre, ou en trouver une.

Il y a des endroits pour ça.

La mousse où tu peux parfois apercevoir des fées
est faite de petites étoiles vertes.

Les étoiles blanches qui poussent en juin

Et les jaunes qui constellent le potager

deviennent des fraises en juillet.

deviennent des citrouilles en octobre.

Les flocons
       de neige sont
          des étoiles.

Souffle sur une aigrette de pissenlit et
des milliers d'étoiles s'envoleront dans le ciel.

Une étoile
peut décorer
un bouton.

Si tu te brosses les dents chaque
jour, quelqu'un te récompensera
peut-être en te donnant une
étoile rouge, verte, bleue,
dorée ou argentée.

Parfois, une étoile sur
un calendrier indique
un jour important.

Mais les étoiles
qui scintillent dans
le ciel, elles,
ne se
montrent
que le soir.

Il faut
du noir
pour les
voir...

... et peut-être aussi
ton pyjama préféré.

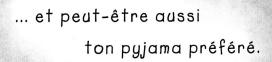

Maintenant, regarde bien. Tu en verras une, c'est presque certain.

Et une autre se mettra à briller,   et une autre encore.

puis une autre

Même si, parfois, on ne les voit pas...

elles sont toujours là.

Nuit après nuit.

Partout.